MW00980777

"THE TALE OF JEMIMA PUDDLE-DUCK" IN FRENCH

"THE TALE OF JEMIMA PUDDLE-DUCK" IN FRENCH

L'histoire de Jémima Cane-de-flaque

by Beatrix Potter

A COLORING BOOK

Rendered for Coloring by
Pat Stewart

DOVER PUBLICATIONS, INC.
New York

Published in Canada by General Publishing Company, Ltd., 30 Lesmill Road, Don Mills, Toronto, Ontario.
Published in the United Kingdom by Constable and Company, Ltd., 3 The Lanchesters, 162–164 Fulham Palace Road, London W6 9ER.

Bibliographical Note

"The Tale of Jemima Puddle-duck" in French Coloring Book: L'histoire de Jémima Cane-de-flaque is a new work, first published by Dover Publications, Inc., in 1994. The text is a translation from English into French by Catherine Dana of *The Tale of Jemima Puddle-duck* by Beatrix Potter as first published in 1908. The illustrations, line renderings after Miss Potter's watercolors, are reprinted from *The Little Tale of Jemima Puddle-duck Coloring Book* by Beatrix Potter, first published by Dover in 1993.

International Standard Book Number: 0-486-27913-8

Manufactured in the United States of America
Dover Publications, Inc., 31 East 2nd Street,
Mineola, N.Y. 11501

NOTE

EVERY WORD of the original *Tale of Jemima Puddle-duck* has been translated here into lively and idiomatic French, for French children who wish to read this favorite classic in their own language or for students of French looking for some enjoyable supplementary reading.

The illustrations by Pat Stewart are coloring-book adaptations of all of Beatrix Potter's watercolors.

"THE TALE OF JEMIMA PUDDLE-DUCK" IN FRENCH

QUEL drôle de spectacle que celui d'une couvée de canetons avec une poule!

—Ecoutez l'histoire de Jémima Cane-de-flaque qui était fort contrariée car la femme du fermier ne lui permettait pas de couver ses propres œufs.

SA belle-sœur, Madame Rébecca Cane-de-flaque, ne demandait pas mieux que de laisser la tâche de couver ses œufs à quelqu'un d'autre—"Je n'ai pas la patience de rester assise sur un nid pendant vingt-huit jours et toi non plus, Jémima. Tu les laisserais prendre froid."

"Je désire couver mes propres œufs. Je les couverai moi-même," coin-coina Jémima Cane-de-flaque.

ELLE essaya de cacher ses œufs mais ils étaient toujours découverts et emportés.

Jémima désespérait. Elle décida de faire un nid loin de la ferme.

PAR un bel après-midi de printemps, elle se mit en route et marcha le long du chemin de charroi qui mène de l'autre côté de la colline.

Elle portait un fichu et un chapeau à bords.

QUAND elle arriva en haut de la colline, elle aperçut un bois dans le lointain.

Elle se dit que cela avait l'air d'un endroit sûr et tranquille.

JÉMIMA Cane-de-flaque n'avait pas tellement l'habitude de voler. Elle courut quelques mètres le long de la pente en agitant les pans de son fichu, et puis s'élança dans l'air.

UNE fois qu'elle eut pris un bon départ, elle vola admirablement. Elle survola la cime des arbres jusqu'à ce qu'elle aperçoive une clairière au milieu des bois, un endroit dont les arbres et les buissons avaient été défrichés.

JÉMIMA se posa plutôt lourdement et se dandina aux alentours à la recherche d'un endroit sec et commode où se nicher. Une souche, au milieu de hautes digitales pourprées, lui plut particulièrement.

Mais, elle fut surprise de trouver, assis sur la souche, un monsieur élégamment habillé lisant un journal.

Il avait des oreilles noires et pointues et des moustaches blond roux.

"Coin?" dit Jémima Cane-de-flaque, sa tête et son bonnet penchés sur le côté, "coin?"

LE monsieur leva les yeux de son journal et regarda Jémima avec curiosité.

"Madame, avez-vous perdu votre chemin?" demanda-t-il. Il avait une longue queue fournie sur laquelle il était assis, car la souche était un peu humide.

Jémima le trouva fort courtois et très élégant. Elle expliqua qu'elle n'avait pas perdu son chemin mais qu'elle essayait de trouver un endroit sec et commode pour faire son nid.

“AH! que me dites-vous là! vraiment?” dit le monsieur aux moustaches blond roux en regardant Jémima avec curiosité. Il plia son journal et le mit dans la poche de son habit à queue.

Jémima se plaignit de la poule qui avait pris sa place.

“Vraiment! Comme c’est intéressant! J’aimerais bien rencontrer ce volatile. Je lui apprendrais à se mêler de ses affaires!”

"MAIS pour ce qui est du nid, aucun problème: j'ai un tas de plumes dans ma remise à bois. Non, ma chère madame, vous ne serez dans les jambes de personne. Vous pourrez couver là autant de temps que vous le voudrez," dit le monsieur à la longue queue fournie.

Il la mena à une maison très lugubre au milieu des digitales pourprées.

Elle était bâtie de branchages et de tourbe, et deux seaux cabossés, posés l'un sur l'autre, formaient la cheminée.

"CECI est mon pavillon de jardin; vous ne trouveriez pas mon terrier—mes quartiers d'hiver—tellement pratique," dit l'accueillant monsieur.

Il y avait, derrière la maison, une remise délabrée faite de vieilles caisses à savon. Le monsieur ouvrit la porte et fit entrer Jémima.

LA remise était presque complètement pleine de plumes, c'était presque suffoquant, mais très confortable et très doux.

Jémima Cane-de-flaque était bien un peu surprise de trouver une telle quantité de plumes, mais c'était très confortable; et elle fit son nid sans aucune difficulté.

QUAND elle sortit, le monsieur aux moustaches blond roux était assis sur une bûche et lisait le journal, ou du moins il l'avait déplié mais il regardait par-dessus.

Il était tellement poli qu'il avait presque l'air chagriné de laisser partir Jémima pour la nuit. Il lui promit de prendre soin de son nid jusqu'à son retour le lendemain.

Il lui dit qu'il aimait beaucoup les œufs et les canetons; il serait fier de voir une belle couvée dans sa remise.

JÉMIMA Cane-de-flaque vint chaque après-midi; elle pondit neuf œufs dans le nid. Ils étaient d'un blanc verdâtre et fort gros. Le monsieur roux les admirait immensément. Il prit l'habitude de les retourner et de les compter quand Jémima n'était pas lá.

Finalement Jémima lui dit qu'elle avait l'intention de commencer à couver le lendemain—"et je vais apporter un sac de blé avec moi, ainsi je n'aurai plus besoin de quitter mon nid jusqu'à ce que mes œufs éclosent. Ils pourraient prendre froid," dit la consciencieuse Jémima.

"MADAME, je vous prie de ne pas vous embarrasser d'un sac; je vous approvisionnerai en avoine. Mais avant que vous ne commenciez votre pénible travail, j'ai envie de vous gâter; ayons un dîner en tête-à-tête!

"Auriez-vous l'obligeance d'apporter quelques fines herbes du jardin potager de la ferme afin de faire une omelette savoureuse? De la sauge, du thym, de la menthe et deux oignons et aussi un peu de persil. Je fournirai le saindoux pour la farc...—le saindoux pour l'omelette," dit l'accueillant monsieur aux moustaches blond roux.

JÉMIMA Cane-de-flaque était une nigaude; même la mention de la sauge et des oignons ne lui fit rien suspecter.

Elle alla dans le jardin potager de la ferme, cueillit quelques brins des différentes fines herbes qu'on utilise pour farcir un canard rôti.

ENSUITE, elle se dandina dans la cuisine et prit deux oignons dans le panier.

Le berger écossais Kep la rencontra alors qu'elle sortait. "Jémima Cane-de-flaque, que fais-tu avec ces oignons? où vas-tu toute seule chaque après-midi?"

Jémima était impressionnée par le berger écossais; elle lui raconta toute l'histoire.

Le chien écouta, sa tête sage penchée sur le côté; il eut un large sourire à la description du monsieur poli aux moustaches blond roux.

IL lui posa plusieurs questions sur le bois et la position exacte de la maison et de la remise.

Ensuite il s'en alla en trottant le long du village. Il se mit à la recherche de deux jeunes chiens de chasse qui étaient en promenade avec le boucher.

TOWER BANK
ARMS

JÉMIMA Cane-de-flaque, par un après-midi ensoleillé, grimpa le chemin de charroi une dernière fois. Elle se trouvait chargée avec les bottes d'herbes et les deux oignons dans son sac.

Elle survola le bois et se posa en face de la maison du monsieur à la longue queue fournie.

IL était assis sur un bûche; il reniflait l'air et jetait continuellement des coups d'œil inquiets vers le bois alentour. Quand Jémima se posa il fit un bond.

"Venez dans la maison dès que vous aurez regardé vos œufs. Donnez-moi les herbes pour l'omelette. Dépêchez-vous!"

Il était plutôt brusque. Jémima Cane-de-flaque ne l'avait jamais entendu parler comme cela.

Elle fut surprise et se sentit mal à l'aise.

PENDANT qu'elle était à l'intérieur, elle entendit des trottinements derrière la remise. Quelqu'un avec un nez noir renifla au bas de la porte avant de la fermer à clef.

Jémima devint très inquiète.

Un moment plus tard il y eut des bruits terribles—des aboiements et des glapissements, des grognements et des hurlements, des cris perçants et des gémissements.

Et on ne vit jamais plus le monsieur roux et moustachu.

BIENTÔT, Kep ouvrit la porte du hangar et laissa sortir Jémima Cane-de-flaque.

Malheureusement les chiots se précipitèrent à l'intérieur et engouffrèrent tous les œufs avant que Kep n'ait pu les arrêter.

Il avait une morsure à l'oreille et les deux chiots boitaient.

JÉMIMA Cane-de-flaque fut escortée à la maison en pleurs à cause de ces œufs.

ELLE en pondit d'autres en juin et elle eut la permission de les couver elle-même: mais seulement quatre œufs s'ouvrirent.

Jémima dit que c'était à cause de ses nerfs; mais en fait elle avait toujours été une mauvaise couveuse.

FIN